NOS

A BREVE HISTÓRIA DA MENINA ETERNA

Rute Simões Ribeiro

Às minhas Vidas,
De quem demito o fim

Procurava o seu habitual medo, o anterior medo da morte e não o encontrava. Onde está ela? Qual morte? Não tinha medo nenhum, porque também não havia morte. (...) «Acabou-se a morte», disse a si mesmo. «Já não existe».
Lev Tolstói, *A morte de Ivan Ilitch*

Era uma vez

Do princípio, 11

Dos desejos, 13
Do fim que se dá ao que teve um dia princípio, 15
Do arquiteto, 17
Da queda dos que não a temem, 19
Primeiro aviso, 21

Do princípio dos dias, 23
Dos números que conta a vida e se subtraem à morte, 25
Dos que habitam o tempo, 27
Dos dias que fazem demorar o caminho, 31
Da vida que se soma à outra, 33
Segundo aviso, 43

Do fim dos outros, 45
Do estudo da morte, 47
Última nota, 49

Da decisão que lhe seja comunicada, 53
Da sombra da vida, 55

Da criação da igreja, 59
Da infidelidade, 61
Da invenção da morte, 63
Das revelações, 67
Da morte que apareceu no tempo que era da vida, 73
Da propriedade da morte, 79
Da vontade da fé, 83
Dos dias que esperam o fim, 85

Do princípio

Aqui digo
De uma aldeia de seda nasceu uma menina de luz
Da luz que tinha, o fim dela não se via
E do fim ela não sabia

Dos desejos

Eve olhou para ela e a verdade tomou-a. Tinha dois anos, descobria um mundo no caminho de uma formiga. Devolveu à mãe o riso que leva o que não conhece. Ela soube ali. Morreria. Morrerá. *Morrerás*. Assim como nunca havido sido, haveria de deixar de ser. Nascera para morrer. O peito atomizou-se. Perguntou para quê. Zangou-se com o engano da natureza, com a humanidade perpetuada. À custa de filhos nascidos. Por tantos queridos. E tantos os nascidos são quanto os que mortos serão. A zanga não fez forças com o que não podia fazer mais. Era preciso deixá-la agora crescer, adiar-lhe a morte. Mas a dúvida carregou-se nela, assentou no arrependimento e cruzou-se com a possibilidade iminente do fim. Na ausência de realidade que lhe bastasse, decidiria fazer de conta.

Do fim que se dá ao que teve um dia princípio

'Já está'. O homem pousou a enxada, enxugou a testa na palma da mão e deixou pesar o corpo no braço esticado sobre a parede caiada. Sacudiu a boina nas calças e disse: 'És tu este mês, não és?, agora só me calha lá para o fim do ano', 'Tens sorte, eu começo agora e já estou a temer', 'É assim, calha a todos, vá, aguenta aí', e, num apertar de ombros que foi tanto de cumprimento como de apoio, seguiu com a enxada segura pelo cabo. A mulher olhou para o sítio de onde tinha vindo o vizinho, vistoriou isolamento e benzeu-se, agarrando as mãos contra o peito, 'Em nome do pai, do filho e do espírito santo, descansa na paz'. Segurou o choro nas rugas apertadas das pálpebras e seguiu.

Do arquiteto

Olhava para ele sempre que entrava no quarto. Mirava-o alguns minutos e, sem solução, continuava. Fazia a cama, limpava o pó à cabeceira da tia, transportava o que lhe houvessem pedido para ir buscar. Hoje ficou nele. Hoje havia de o saber. De lhe atribuir motivo, explicação. Subiu a uma cadeira, de costas tão altas quanto era ela. Um grito: 'Menina, vais cair!'. Estremeceu e desceu, esperando o recuo do tempo e que não a tivessem visto. 'Já te disse, cachopa, que não podes subir nas coisas.' Acrescentou, como se tivesse refletido sobre a conclusão: 'A cadeira parte-se!', 'Desculpe, tia Emily', 'Que queres tu daqui?'. A menina M, de nome por pronunciar e vida a fazer-se nele, apontou o ponto de necessidade, dispensando letras. A mulher engasgou-se, zangou-se, despachou, 'É o eterno!, como tu', e amansou-se, 'Como tu, filha, é um como todos', 'E por que está pendurado pelos braços?, está de castigo?', 'Não, porque não fez mal nenhum, anda daí, é hora de lanchar'.

Da queda dos que não a temem

M cresceu. Pouco, para já, se relata. Certo dia, com a vista nos horizontes, mudou-se para a cidade de Boann, gestante do rio Button, que espraia numa baía-ventre. Findava inverno. No jornal, comunicava-se oferta de emprego ajustada às habilitações: «Empregada de balcão para o *Café Velho*, Estação de Comboios de Boann». Neste dia, a entrevista. Faltavam alguns minutos que M ocupou vigiando os comboios. Avançou os pés sobre a linha de cuidado, no limite da queda possível. Notou vigilância e retribuiu atenção. Um rapaz, em frente à cafetaria onde prestaria provas, olhava-a, julgando-lhe a motivação. É Alfonz, sabemo-lo em vantagem. Ela foi até ele. Ele ainda nela: 'Estava muito perto do comboio, tenha cuidado', 'E o que podia acontecer-me?', 'Cair'. M sorriu-lhe, contrariou-lhe a seriedade e entrou na cafetaria.

Primeiro aviso

Caro leitor, um narrador é acometido de um certo sentido de dever, para que não tenha prejuízo nem o proprietário da história, nem o proprietário do livro. Tenho-me detido, pois, na necessidade de lhe comunicar uma advertência. Decido-me pela positiva. Esta história não relata um romance e tenho preferência por que o leitor, pois muito o prezo, o saiba desde já. Decerto trata o Amor (entenda-o de modo vasto), ainda que o escritor não o tivesse previsto, e adianto que aprecio as suas conclusões. Mas não queira ter interesse por indícios secundários. Importam outros assuntos no caso narrado. Compreenderei, pois, se nos despedirmos aqui. Se considerar ficar, pois conto-lhe com interesse o que se segue.

Do princípio dos dias

A menina M acertara os trâmites do novo emprego. Sucedera-se numa conversa simpática, resolvida rapidamente a favor da candidata que, não obstante saber pouco, muito se predispôs a aprender. Para além disso, a concorrência beneficiava-a. O rapaz que conhecera ainda a procurou em pensamentos nas últimas horas do dia, enquanto se fazia noutro, mas nenhuma marca profunda havia ainda. Se não mais a tivesse visto, o mundo seguiria igual, suponho. Mas não foi o que aconteceu. Quanto à menina M, dormiu como em todas as outras noites, nenhum pensamento novo a incomodara. Na manhã seguinte, ela regressou pontual. Bateu à porta, ainda trancada, e acolheu-a de novo Alfonz. Ela encolhia-se do frio, afogando as mãos no fundo dos bolsos do sobretudo e enrugando o rosto, o que depositou algo ainda indecifrável no menino Alfonz. Trataram das apresentações.

Dos números que conta a vida e se subtraem à morte

Caro leitor, a menina M isola-se por momentos junto da sua mala. Vemos um papel. Um dedo percorre os números nele inscritos. O número «45». Uma data de há 15 anos. Alfonz não o nota, mas a menina M agita-se. A sua face ruboriza contendo projetos de lágrimas, as mãos ficam-lhe frias e trémulas, as pernas levam tempo a recuperar forças que a levem até ao balcão. Por fora, foi o que se deu. Não tenho ainda permissão para contar o que lhe foi dentro.

Dos que habitam o tempo

Nada de desabitual no serviço do café, nem a notar de que precise esta história. Entra, porém, agora, uma mulher: 'Era um café, rápido, por favor', o que diz, agitando as moedas. Alfonz serve o café, que a mulher bebe de pé e em duas investidas. Na mesma pressa sai, 'Adeus, até loguinho!'. Outro homem entra. Um homem magro, vestido em cuidado, de fato e jaqueta. A gravata fora acessorizada com um alfinete dourado. Apoiado na bengala, limpa cuidadosamente os pés no tapete da entrada enquanto tira o chapéu da cabeça entregando-a ao bengaleiro. É o Senhor Franz, proprietário da tabacaria da estação, que funciona ao lado do *Café Velho* há mais de 100 anos. A tabacaria, não o Senhor Franz. 'Olá, bom dia, ora, então, temos esta menina?' A menina M estendeu-lhe a mão e disse-lhe: 'Esta é a minha vida agora, depois logo se vê para a próxima', 'Assim é que é, uma vida de cada vez, é o mais sensato, preocupamo--nos agora com esta e depois com a outra, eu já estou perto da segunda, ou terceira, não me lembro já bem'. Sorriram-se em confirmação e alguma amizade se fez, na intimidade espontânea dos próximos.

O Senhor Franz para na cafetaria todos os dias, entre duas e três vezes, para beber um café meio cheio, 'as medidas do curto e do normal estão sempre a mudar', declara recorrentemente apontando para o ar, 'digo--vos meio cheio, aí mesmo a meio da chávena, nem mais para baixo, nem mais para cima, mas, mesmo assim, ainda há engano, é uma chatice, não é a mesma coisa, não, senhor'. Apresenta, porém, a consciência de que a falha não constitui substância penal, pelo que condescende com os funcionários menos certos na régua, reservando-se no aborrecimento.

O Senhor Franz comunica à menina M a sua preferência para que a registasse: 'Então, se não se importa, era um café, por favor, meio cheio, a meio da chávena, está a ver?, nem curto, nem cheio, mesmo a meio, pode ser, se não for incómodo?'. A menina M pega numa chávena e mede-a a olho nu. Serve o café. Olha para ele, não lhe vê metade, nem acima, nem abaixo, mas entrega-o, 'Está bem assim?', e aguarda, de mãos juntas, confirmação de cumprimento. O Senhor Franz chega para si a chávena, olha-lhe para dentro e dá de volta à menina M um sorriso de tradução inalcançável. Pergunta-lhe: 'Então, conte-me lá o que pensa fazer nas vidas que lhe hão de vir?'. Alfonz nota que a bebida diverge na medida predileta do Senhor Franz, sem que este solicitasse correção, como habitual. A cena repetir-se-ia nos dias seguintes, assim como as conversas, os passados trocados, os futuros experimentados, 'O Senhor Franz ainda pode fazer tanta coisa', 'Ah, a delicadeza da mentira, então, que me aconselha?'.

Num certo dia, o Senhor Franz entra na cafetaria e pede à menina M o habitual café, acrescentando, porém: 'Como costuma, sim?', e sorri. A menina M serve-o na exata medida em que o fez da primeira vez e de todas as seguintes. A alteração intrigava Alfonz. No final do dia, fechava a cafetaria, ao mesmo tempo que o Senhor Franz encerrava a sua tabacaria. Saíram juntos para a rua movimentada de Boann. Alfonz perguntou-lhe, então, se preferia que passasse ele a servi-lo, dado que bem conhecia a linha invisível do café que mais lhe agradava. 'Ah, deixe estar, muito obrigado', 'Mas eu sei que prefere de outro modo, poderei fazê-lo'. O Senhor Franz serviu-se de uma pausa e justificou: 'Sabe que, no tempo que tenho, já me restarão poucas oportunidades de remediar esta minha antipatia, de ignorar a vontade de aborrecer. Resisti pouco a melindrar os outros e nunca dediquei muito tempo a escolher palavras para me dirigir a alguém. Sempre achei um desperdício de tempo, as pessoas que fizessem o favor de pôr de lado o tom ou uma composição menos aprazível, que lhes fosse menos satisfatória, isso era com eles, o essencial estava dito, o resto sempre foi secundário, e contei com as pessoas para me triarem o discurso. Esta menina, que não me conhece e não sabe como na verdade embirro com a mínima distração de um empregado, concedeu-me a vez de experimentar a simpatia, o cuidado, desnecessário, mas agradável. Agradeço-lhe a atenção que me presta, mas não lhe diga nada, está bem?'. Conclui colocando o chapéu na cabeça e despede-se já de costas, esticando o braço: 'Até amanhã!'.

Dos dias que fazem demorar o caminho

Os dias que sobravam à semana chegaram, finando-se na sexta-feira, em jeito de fim de semana projetado. Alfonz e M jantaram juntos, por cortesia do primeiro e simpatia da segunda. Alfonz dirigiu-lhe cuidados e M permitiu-lhe continuidade, nessa e nas sextas-feiras das semanas seguintes. E noutros dias da semana também. Nas horas sem falas, começaram a preencher silêncios com o discurso que ia neles. Declararam, certo dia, o implícito. Foi enganando-a num caminho, numa noite mais longa do que todas as outras, que Alfonz lhe cobrou o primeiro beijo. Ela brincou e foi o que bastou de consentimento. Assinalava-se o início de um namoro.

Da vida que se soma à outra

Conta-me de ti
Cresci em Seda
Quem está lá?
Flor, tia Emily e a Senhora Finny
Tua mãe?
Minha mãe não
Que lá fazias?
Cuidava das crianças. Mas o nascimento era um acontecimento triste. Minha mãe dizia

'As crianças deixam-nos à tristeza'

'Vai nascer outra, Eve', 'Por que não teve ela cuidados?, que há de fazer agora?', 'Agora, só para a frente. Não te apoquentes tanto, Eve, que diferença faz para ti, para o mundo, que importa o mundo', 'E isso que te diz, Flor?, pensa unicamente nela, num mundo que pensa ser só dela, que vai agora deixar a dobrar', 'E se faltar ainda nascer aquele que nos venha curar?', 'Pois já deu fim ao que acabou de ter princípio'.

Mas dizia-me também, enquanto me deitava e mais ninguém a ouvia:

'Os filhos calham-nos em sorte, mas, se as mães pudessem escolher, era a ti que eu queria. És vida, és vida para sempre.'

Um dia, minha mãe foi-se embora e não voltei a vê-la
Não mais?
Eu fazia 12 anos. Minha mãe deitou-se comigo, declarando que me adormeceria essa última noite. Adormeci
E depois?
Nada mais, desapareceu (Apontei aqui os anos que ela tinha na altura, 45)
Procuraram-na?
De manhã, estavam todos muito transtornados, cansados de a terem procurado toda a noite. Dias depois, esforçaram-se por seguir as suas vidas, e assim foi. Os anos foram passando, muitos depois se foram embora também, para a cidade, julgo eu, sem avisar também. Desde o desaparecimento da minha mãe, as pessoas terão passado a considerar aquele lugar perigoso e, por vezes, algumas resolviam mudar de vida (apontei-lhes também a idade no desaparecimento, vê). Talvez fosse por isso, comentei. Alguns concordaram. Apesar de tudo, ninguém parecia ter medo de ali estar, de viver naquele lugar, de onde, de vez em quando, as pessoas simplesmente desapareciam. Mas, uma vez houve, que uma pessoa me avisou, o meu tio Edmond

'Sobrinha, vou ter de me ir embora' (disse-o de cabeça enviada ao chão, a esburacar a frecha no cimento, com um pau de oliveira. Eu tenho a certeza de que ele chorava, mas continha-se fortemente), 'É agora (disse-me), chegou a hora de eu me ir embora, já não sirvo para este mundo, vou para o outro', 'Para a cidade? (olhou para mim, respirava profundamente, parecia deixar que as palavras se alinhassem para me falar e disse-me, decidia-se definitivamente), 'Sim, para a cidade, sobrinha, vou para a cidade' (passou a mão pela minha cabeça, coçou o nariz, arrumou o choro e beijou-me na testa)

Nas últimas semanas antes da saída da aldeia, nem vinha à rua, preferiu preparar-se sozinho, no meio das suas coisas. Eu perguntava à minha tia Emily se podia conversar com ele para o demover do planeado, mas ela não me deixava sequer entrar em casa. Um dia, à porta, ainda o vi, lá ao fundo, deitado na cama. Acenou-me e sorriu para mim. Estava abatido, de tanto sofrimento, acho que pelo que sabia que estava a fazer às pessoas que gostavam dele e que o queriam ali ao pé delas. A minha tia pediu-me para o deixar estar, que estava bem, só estava cansado da vida que levava ali e queria ir para outro sítio. Chorava, dizendo-o, mas ele não voltou atrás na palavra. Ainda ficou na aldeia mais alguns meses, depois desapareceu.

Não poderei ter filhos, Alfonz

'Ela não pode ter filhos, Flor', 'Tiras-lhe a eternidade, Eve', 'Será pior se os tiver, não lhe quero a minha angústia', 'Deixa-a escolher as suas angústias, Eve', 'Quem nos habilitou a escolher', 'A vida faz-se assim', 'Quanto mais a gente cria, mais ela mata', 'E de que outra maneira se compreenderiam os milagres?'

Segundo aviso

Amigo leitor, pois vê que não se antecipa daqui uma história leve. Mas é franca. Se há ainda leveza nela, pergunta. Que valha a pena prosseguir. Que direi disso? À franqueza me obrigarei também mais uma vez. Satisfaço-me com o seu andamento e, como nele persisti, também no seu fim algo alcancei. Mas, o caminho de um não é o caminho dos outros. Terá de ir à sua sorte, enfrentar as questões que se lhe apresentarem, arrebatar-se nas dúvidas que sejam as suas. Terá final relevante, insiste em perguntar, naturalmente. Meu amigo, o que será uma coisa e o que será a outra?

Do fim dos outros

Era primavera. O mundo a renovar. Os amantes passeavam-se. Cruzam-se com um homem que diz apressado 'Não vão por aqui, há uma rixa, um homem está por um fio!'. O homem segue e Alfonz exercita, 'Arriscam a vida para quê?', 'O que acontece quando perdem?', 'Perdem a vida para a morte', acrescenta Alfonz absorto na vulgaridade. M imobiliza-se. 'Cortamos já aqui, para evitar a confusão', 'Não, vamos em frente, por favor, Alfonz, peço-te'. M carregava à vista uma intenção, que Alfonz não soube como contrariar, 'Está bem, vamos até lá, o que se passa?'. M não estava habilitada a ouvi-lo e avançou para a multidão.

O rapaz, estendido no chão, uma massa de homem, apresentava a cara ensanguentada, o nariz desfeito, os lábios no dobro, cortados, o olho esquerdo fechado, entumescido e escuro. Tinha uma faca espetada no ventre e esvaía-se-lhe o sangue, que escorria, como calda, por entre os pés das pessoas acocoradas a socorrê-lo. M observou as manobras de reanimação do socorrista, um outro procurava estancar a ferida.

A este homem, que ela não conhecia, fugia-lhe a vida. Aos seus olhos, desvanecia, ia-se, a máquina orgânica que o suporta deixaria em breve de funcionar, de existir. 'Está morto', declarou o paramédico, apoiando a testa sobre as costas da mão. *Para que sítio vais tu? Estás a deixar a vida, ou está ela a deixar-te a ti? Entristeces, ou é esse um lugar feliz? Ainda me vês desse lado, ou desapareceram-te os olhos? Há outra espécie de vida aí, ou tens só morte? Como é ela? Recebeu-te bem, a morte?* M sentiu os braços agarrados, Alfonz puxava-a para trás. Segurou-lhe as mãos soltas e chamou-a. M estava ali, noutro lugar. *Aquele homem sofrera dessa morte, desse evento que nos apaga daqui. Fora atacado, não capaz de defesa. Está morrido, findo, ido. Ficou a sua caixa oca, sem ânimo. Não lhe bate o coração, não lhe corre mais o sangue pelas veias, não se lhe enchem mais os pulmões. Não sentirá a faca espetada, não saberá da dor que o avisou que lhe vinha a morte. Não tem amor lá dentro. O que viveu desapareceu-lhe na morte. Tudo o que pensara, se lembrava, acreditava, tudo se foi no ar que fugiu dele dentro. O que chegou a saber esfumou-se num respirar. O homem deixou de existir, acabou-se no cimento da rua, foi-se-lhe a vida na fresta escancarada pela lâmina. Saberão todos disto? Vivos, mortos, vivos, mortos, andam uns, caem os outros.*

Do estudo da morte

Nunca havia ponderado a hipótese de cessarmos, Alfonz
 O que julgavas?
 Que nos eternizaríamos, simplesmente velhos. Ou fugitivos. Mas para sempre existentes. Sei como funcionamos, como temos existência, como criamos vidas nascidas das nossas. Compreendo a doença, a deficiência, o definhar, mas nunca vi vestígios da minha finitude. Sinto falta dessa memória de fim. Quando a soubeste?
 Fui avisado alguma vez
 Quanto tempo se vive?
 Há quem viva mais de 100 anos, há quem viva menos, há quem mate e há quem se ponha fim
 Como se vive na vertigem de uma morte?
 Fazemos de conta
 Os planos são inúteis. Todos desaparecem
 Restaria esperar
 Com exceção da morte a que nos forcem, podemos antecipar-nos a ela
 Pouco acrescentamos a dado ponto da vida
 Preparamo-nos?
 Decidimos quem recebe o que temos
 Passam as coisas da vida, e quanto à morte?
 Nada a passar à morte, julgo
 E o que há lá?
 Ninguém sabe ao certo
 Para que a vida se vem a morte?

Perguntas por que existes
E por que pergunto apenas na ideia dela?
Na falha de eternidade, antecipamos o que nela nos espera
E se nada estiver à nossa espera?
Há quem pense que somos réplicas de quem nos criou e que o encontraremos então
Se sou igual a quem me criou, por que não tenho memória natural dele?
Ouvimos histórias
Por que só o conheço se alguém me falar dele?
Interpretamos
Cada um na sua melhor versão, no modo como o entende
Acreditamos
Quem acredita não apreciará somente o que compreende?
Em cada um, a procura

Última nota

Como vê, estimado leitor, M acordava numa existência que há de parar na morte. Extraordinário, dirá. A protagonista desconhecia a morte, julgara-se eterna. Crescera sem ideia de fim. Espantosa será a primeira conversa com a ignorante, a decisão das primeiras palavras, semelhante talvez a entregar uma má notícia. Esta a pior de todas, 'Olha, vais morrer', 'E o que é isso de morrer?'. E se alguém se lhe apresentasse nesta dúvida, o que lhe diria o amigo leitor? Por onde começaria a revelação da mortalidade a alguém que a ignorasse? Por outra, e se o ignorante fosse o próprio? Imagine-se dar-se o caso de se esquecer de morrer, de lhe falhar a lembrança do fim. Teria de ser novamente inventada, a ideia da morte. Imagine até a possibilidade de nos esquecermos todos da desexistência em simultâneo. Que faria o pobre que se desse conta dela, da sua senhoria morte, pela primeira vez. Pela primeira vez, de novo. Vendo bem, é um fenómeno recorrente. Todos nos espantamos com ela, sempre que com ela leva quem uma vez conhecêramos. Como se nem estivéssemos à espera dela. Inusitada a velha morte. Veja bem. Talvez ela própria se espante com o nosso espanto. E como vivemos os dias rindo. 'Como podem os futuros mortos rir a todo o tempo, se os apanho a todos, sem comunicar ou negociar visita?' É bom dizer: 'Senhora morte, a gente aqui habitua-se a tudo'.

Depois, a perguntar está a explicação da farsa em M. Mas, isso revelaremos adiante. Para além disso, compreendo que importe saber como terá M fantasiado a vida plena num mundo cheio de morte. Veja-se, para isso, breves episódios da sua infância

'Como vivem os velhos, mãe?', 'Vivem mais devagarinho', 'E para onde vão quando já não aguentam mais?', 'Vão para onde nos esperam', 'É longe?', 'É ao fim do caminho, não se vê daqui', 'Posso ir lá agora?', 'Eles estão ocupados, não podem receber visitas agora, só quando estiver tudo pronto', 'Podemos ir amanhã?', 'Amanhã, não, não deixarei que vás tão cedo'.

'Tia Emily, está uma formiga deitada aqui fora, está a dormir?', 'Está, pois, deixa-a estar sossegada', 'Não acorda hoje?', 'Ela não acorda enquanto estiveres aí', 'Por quê?, tem medo?', 'Agora já perdeu o medo', 'Eu não lhe faço mal', 'Não há mal que lhe possas fazer, agora que dorme assim, é forte para sempre'.

Da decisão que lhe seja comunicada

M tinha nela todas as perguntas renovadas. Havia construído as soluções para as incongruências da vida sob premissas violadas neste ponto do tempo. Tempo de tempo contado. A vida de M vira prescrito prazo de validade, limite, fundo, teto, fecho, fim. Todos, afinal, chegarão um dia a uma barreira de tempo.

A morte é a morte. Agora e outra vez. Vive-se, sabendo que se morre? Deito-me aqui, agora, à espera dela, da minha morte. E onde me morro? De que ponto deste corpo vivo, um dia morto, largo vida? Decido. Morro-me agora, não te hei de esperar. Vem, não te dou a espera, o tempo que se conta para trás. Não. Tiro-te o despacho. A desvida ainda me deve tempo. Morte, o teu dia não tem ainda calendário.

Da sombra da vida

Ainda não se dava a madrugada. M saiu de casa e disparou os passos. Não sabia por que tinha pressa, mas, desde que soubera da morte, sentia que o tempo escorria por ela e que já não o alcançava. O que se fazia de tempo para trás já não se recuperava. E, por isso, corria. Corria para apanhar o tempo. Lembrou-se da mulher do café e entendeu-a. Não queria estar assim, só não tinha encontrado ainda solução, reação alternativa. E hoje fugia também. Fugia do tempo que afinal se sumia nos dias que deixava passar. Fugia de Alfonz, mas não por não lhe querer. Alfonz estava numa linha curta de tempo e ela precisava ainda de perceber se havia possibilidades de esticar a sua. Para isso, tinha de se soltar dele. Soltava-se esta manhã. Atirava-se para fora da cidade onde conhecera a morte. Havia de confirmar que ela existia também fora dali. E se existisse, se poderia existir de outra forma. Acontecer mais tarde.

Saiu na última paragem do comboio, começaria do fim.

Experimentou passos para a rua do seu lado direito, de onde vinha a luz. Um homem na sua frente, mãos nos bolsos, de cabeça para baixo, curvou na esquina à esquerda, e tal como não havia razão para ela seguir em frente, ela seguiu atrás dele. A ordem de motivos era a mesma. Seguiu o homem que desconhecia, em alternativa à rua por onde nunca tinha ido.

Era pequena. No largo, para onde dava a rua, uma casa pequena, com um telhado de forma triangular, dirigido ao céu. Mas, antes do céu, entre os que estivessem lá dentro e o que houvesse lá em cima, uma cruz com um homem estendido nela. Era o homem de castigo sobre a cabeceira da cama da tia. Gigante, agora. *Tão bonito, tão triste. Olha para mim.* Pensou que talvez fosse um museu, uma galeria de representações estéticas do homem que a intrigava em pequena, aquele que, eterno, era igual a ela.

Entrou. Um homem de bata preta mexia no fundo do museu. Até lá, meia dúzia de bancos de cada lado preparados para um espetáculo, uma demonstração. O homem que seguira estava sentado na fila da frente, teria vindo mais cedo para estar mais perto da apresentação. Do lado oposto, na terceira fila, uma mulher dirigia o torso para o homem pendurado. M caminhou pela ala central. Quando passou pela fila onde se sentava a mulher, esta virou-se para ela e afastou-se para o lado, assumindo que pretendia ali sentar-se. M não contrariou o presumido pela mulher. Um minuto esteve calada, até que disse: 'Morremos todos, mas a ordem não está certa'. Outro depois, continuou, mirando o homem caído, para que não se considerasse dispensado de julgamento: 'Nossos filhos morrem. Enquanto os amamos. O meu filho estava nas minhas mãos, quando deixei de o ver. Já não estava dentro do corpo que se desfazia. Bem que o fixei nos olhos, mas não o consegui prender. Nos meus braços, já só ficou a memória do tempo dele. Mas, às vezes, não tenho a certeza. Não me lembro se o tive, se me nasceu. Se morreu. É uma névoa o meu filho que não sei se existiu, é uma sombra inteira em mim. Tanto amor lhe tive como a dor que me comprime. Amor a uma memória. E quem tem certezas das memórias. Estou enganada e ele não chegou a ser meu? Não sei se o que dá forma à sombra cheia é o corpo dele, ou outra coisa que me engana, talvez seja outra coisa e eu sofro em vão. Sofro em vão?', questionou o homem julgado. M segurou o braço da mulher, segurava nele a dúvida nela. A mulher olhou-a e disse-lhe, 'Estou a preocupá-la, não leve daqui esta tristeza, que é minha. Tem filhos?', 'Não, julgo que não terei', 'Não terá, então, questões para resolver, não desconfiará do sentido que se ponha nisto da vida enquanto há e da morte sempre a coçá-la', 'Depois da morte, talvez não haja questões'. A mulher ouviu-a, apertou-lhe a mão em retorno e saiu. M olhou para o homem ao alto, que ainda não compreendia. Considerou ter-lhe questões menos relevantes e saiu.

Da criação da igreja

Não sabia onde estava. A casa vertical atrás, a interrogação à frente. Perguntou-se pela maternidade. Pelo propósito dela. O propósito dos homens. O argumento para os homens castigados. A razão para os filhos perdidos. Quem os guarda, findos. Quem lhes guarda as mães, levados em fim os filhos. Criava-se-lhe na voz uma oração. Nascia-lhe do peito uma igreja.

Da infidelidade

Entrou num autocarro. Uma mulher de pé, agarrada a um banco, está de olhos fechados, de cara virada ao teto. Grita de repente: 'São desobedientes a ele!, cura-os na tua escola!, aos que não obedecem vem a maldição!, secam, vão secar!'. Um homem sentado ao lado ri-se e diz: 'Vendem-lhe um caminho!, é espírito confuso, enganado'. Ela grita mais ainda: 'Vais secar vivo!, vem-te a maldição, desabençoado!'. E ele devolve-lhe: 'Disfarça-se de anjo!'.

No fim da viagem, M devolveu-se a Alfonz, tolerando-lhe o fim.

Da invenção da morte

Nas semanas seguintes que fizeram a primavera daquele ano, M e Alfonz viveram os dias, sabendo-lhes o fim sem aviso.

A certeza da morte ia assentando em M, entrando nas suas ideias, ajustando-se às suas razões, assumindo lugar no parlamento das suas reflexões individuais sobre o mundo, sobre as pessoas, sobre si própria e a sua posição num espaço que não ocupará para sempre. 'O Senhor Franz sabe que se morre, não é?', perguntou sem atenuantes. Na pergunta caída, não resistira o Senhor Franz, interrompendo-se no café, a tentar continuar-lhe a inquietação: 'Pois, ouvi dizer que sim. Isto daqui só vai para a frente, já não vai para trás', 'E o que acha disso, não o incomoda?', 'Considero uma discussão de grande interesse, principalmente, para quem, não pelo tempo que tenho para a frente, mas pelo que já tenho para trás, já se deu a pensar na matéria vezes suficientes para simplesmente não chegar a coisa nenhuma'. Continuou: 'Veja bem', propôs, 'teorias há muitas, convicções, são todas fortes, tão compactas e estanques são as certezas que nem cabem todas numa humanidade só. Teríamos de ter coexistências várias para sermos toda a espécie de futuros mortos que se antecipa por aí. Eu cá não sei, mas parece-me a mim que a coisa há de ser una. A verdade, se é verdade, há de ser uma só, não é?, parece-me a mim, está claro. Que eu sou mais um a pensar nisto e a experimentar considerações. Ainda havemos de continuar às avessas do lado de lá, talvez em caixas, a olhar uns para os outros, tão certos da nossa caixa como os que nos cismam na outra. Todos mortos, efetivamente. Tão teimosos lá como cá, é o diabo. Também é certo que caso não venha alguém falar-nos lá do lado da morte, por aqui, só nos podemos orientar com suposições, com leituras tão limitadas quanto o alcance dos nossos sentidos. Todos iludidos. Todos iludíveis. Vai-se a ver, nem há diferença entre a vida da vida e a vida da morte. Se calhar, uma vez morridos o mundo torna-se outro. O mesmo, só que passamos a vê-lo melhor. Ou a vê-lo, de uma vez. Querem ver que estes recipientes, tão bem-alinhados, tão bem-montados, são uma camada, uma pele que nos prende? Bom, mas também é verdade que preferimos ficar com o certo, do que arriscar no que não sabemos. Isto, não havendo certezas, mais vale ficar vivo. Já viu?, e, depois, se a morte fosse uma maravilha, quem é que ficava por cá? Mas, também, se depois disto nos espera uma vivência, morta, extraordinária, ninguém vem cá contá-lo naturalmente. Se não, era tudo aí a morrer-se. Era um perigo. É que, por cá, em vivos, já nos organizámos, mal ou bem. Não vale a pena confundir os vivos com as descobertas dos mortos. E, depois, sabemos lá que regras há do lado de lá. Tanto quanto sabemos, se foram homens que se morreram, são homens que estão morridos. E os homens, esses inventam de tudo. As construções dos homens, esse bicho mais pequeno do que se vê ao espelho, são tão frágeis quanto a ilusão das suas certezas. E se nos deixamos deslumbrar com raciocínios. Somos fascinados pelas nossas lógicas, descartamos outras que nas nossas não caibam. E esquecemo-nos facilmente de que somos todos iguais, réplicas sucessivas. Só nos distinguem as vivências, são essas que nos confundem, que nos fazem crer que o mundo que se montou à nossa volta é o certo. É real o que nos mata, o que atropela a vida, isso, sim, tem de ser real. E os que se dão ao luxo de ignorar, de adiar a morte, são os que desconhecem que ela, para tantos, está a bater à porta quando chove e não há cimento que impeça a água de invadir a cama dos nossos filhos, está numa infeliz picada de inseto, num medicamento que não chega a tempo, num pai, recém-feito adulto, que, sem saber coisas que já se sabe das oportunidades da morte, dá ao filho um copo de água do rio onde se deita o esgoto. Vem a morte disparada de uma espingarda levantada em nome de tantas, tantas certezas. Eu tenho a sorte de ter vivido já, na medida dos que arriscam a vida nas frestas da morte, umas duas ou três vidas. Só tenho de estar contente com ela, a minha morte, que tem sido agradável comigo e ainda não me veio buscar. E com isto sigo, meus estimados amigos.'

O Senhor Franz levantou-se e saiu. Desta vez, não se fez ouvir na despedida que, contudo, ainda enunciara.

Das revelações

'Vamos a Seda.' M não soube dar resolução às dúvidas que, ocasionalmente, a enfrentavam, mas remeteram-na para um qualquer avanço que haveria de estar em Seda. Alfonz não a contrariou.

A aldeia, caiada a branco, refletia-se na sombra e tinha sobre ela uma luz limpa, que lhe brilhava nas telhas. Três ruelas de xisto que ziguezagueavam a dúzia de casas acabavam caminho nos campos desbravados em volta. Já não faziam serviço fora do casario. Duas mulheres sentadas num banco corrido de pedra junto à parede de uma casa olharam lá de baixo em direção a M e Alfonz. Uma delas levantou-se, colocou o braço sobre a testa, prendendo o sol atrás. Conferida a visita, agitou o braço fortemente. A outra mulher levantou-se também e replicou os movimentos da vizinha. Na visão resguardada do sol, agitou os dois braços e gritou-lhes em chamamento e saudade. Entraram os três na casa de Flor, enquanto Finny fora chamar a vizinha. Sentaram-se à mesa, a convite. Flor puxou de uma chaleira que sossegava sobre as brasas desmaiadas na lareira e serviu cinco chávenas de cerâmica, duas apenas faziam par, que tirou do pequeno louceiro atrás da mesa e distribuiu aleatoriamente. 'Não te vemos há tanto tempo, diz-nos como estás.' M franziu a testa, nela as jovens descobertas. Assolara-a uma outra: *Saberão também elas da morte? Como poderei contar-lhes?, dizer-lhes que a vida lhes há de terminar, que os seus corpos vão acabar, esvaziar? Pobres mulheres, pensarão elas que têm uma vida permanente, ininterrupta. Caso soubessem que lhes acontece a morte, mais vezes se desalentariam, antecipando-a nalguma dor. Saberá minha mãe, meu tio, onde estiverem? Já a terão descoberto? Terão sabido por alguém? Se a soubessem, ter-me-iam avisado. A mãe saberá que se a minha morte chegasse sem eu saber dela, a surpresa seria insustentável. Teria vindo sossegar-me. Ou eu a mãe, se a morte lhe aparecesse antes. Que não esteja sozinha, quando a morte dela vier.*

'Flor, isto da vida tem um fim, não vai durar todos os dias que ainda há no mundo, há a morte, que acontece uma vez e não nos permite regresso.' Flor apertou fortemente as mãos de M e largou-as de seguida. Chegou-se para trás na cadeira e olhou M seriamente. Entrou Finny trazendo Emily. Flor fez-lhes um gesto para se sentarem. Hesitou brevemente e disse às outras: 'Ela já sabe'. Continuou-se: 'Eve, tua mãe, tinha esta ideia de te adiar a morte e fez tudo o que pôde para que ela não andasse por ti, enquanto não fosse preciso. Quis eliminar-te a ideia dela. Eve tomou uma consciência obsessiva de impermanência da humanidade, desta nossa caducidade, de que tudo pode terminar num fôlego, num desligamento ou num acidente cósmico instantâneo, de tal modo que resolveu não ter filhos. Considerava um acontecimento terrível o nascimento de uma criança. Afirmava que era um ato de projeção individual, uma intenção malrefletida, e que os filhos por nascer não eram verdadeiramente desejados, a ideia de maternidade, sim, porque se o fossem, não se deixariam nascer. Uma mãe não deseja para os seus filhos a mortalidade, o termo, a finitude certa. Ela não lhes queria a morte e por isso não os fazia nascer. E se o fim, por motivos naturais, não acontecesse no tempo de vida dos seus filhos, as sucessivas matanças dos homens pelos homens, a que assistíamos, pelos jornais, quase todos os dias, reforçaram-lhe o propósito de deixar que a humanidade se finasse consigo. Caso dependesse dela, nenhum filho mais nasceria e a humanidade restaria apenas nos que têm existência, com estes, e somente estes que vivem, acabaria e não se renovaria em mais ninguém. Mas, a vida tem isto de insolente e aparece em quem não a espera, à margem dos vigilantes. Ignorou-lhe as intenções e todas as teses que elaborou do fim do mundo e do fim das gentes. Fez-se nascer em ti, trouxe-te a ela, de um amor breve que veio e passou, deu uma luz à tua mãe no fado que para ela era o mundo. Não demoraste muito a desmontar-lhe toda aquela desfé que tinha, a quebrar-lhe a virtude do fim. Tu deste-lhe uma lente diferente, levaste-a a observar e a experimentar o mundo, não por vir a acabar um dia, mas por existir. Simplesmente, por existir. Ela percebeu o mundo, contigo, mesmo sabendo da sua finitude, ou da dela. E da tua. Julgo que se pacificou com a morte quando tomaste vida. «As crianças deixam-nos à tristeza», dizia-me, enquanto falávamos em tudo e nada. Mas, acrescentava sempre, «porque são o brilho da vida e isso não pode ter fim para uma mãe». Destroçava-a saber que te encontrarias com a morte um dia. Isso não mudou. Temia terrivelmente que ela te levasse e, ainda que pudesse ser adiada, sabia que ela viria certamente um dia. Em pensamento te pedia perdão por uma morte que te antecipava, com que te marcou ao dar-te nascimento. Tal como te apresentou a vida, culpava-se por te poderem levar. Tomou, então, a decisão de te adiar no conhecimento da morte tanto quanto pudesse, eliminando tudo quanto a fizesse notar. Revistava obsessivamente todos os livros que chegavam, todas as páginas de jornais com notícias de mortes, supervisionava todos os programas de televisão antes de mostrá-los. Controlava tudo o que pudesse trazer pista de morte. Mais crianças nasceram e, sem ter pensado muito nisso, todos nós em Seda fomos dando continuidade ao mundo sem morte de Eve. Ao mesmo tempo que sabíamos ser um adiamento que viria a custar-nos um qualquer preço, havia algo de magnífico em poder fazer desaparecer a morte, enquanto pudéssemos, do imaginário dos nossos filhos. E assim foram os anos passando por aqui, em Seda, onde a morte não existia. Ela não tinha lugar aqui, aprendemos a não falar nela, a pensar na vida sem ela. Distribuímos por todos a tarefa de controlar o que viesse de fora que nos lembrasse dela. De enterrar os que se iam nela. Em cada mês, um. Era um mês terrível para o pobre de nós que tinha de o fazer, andava aí murcho, relembrado da morte, do fim que lhe havia de vir. O combinado tinha sido não falar sobre o assunto e, assim, andávamos, à vez, sozinhos, a marinar na morte. O mundo foi, durante aquele tempo, como gostaríamos que ele fosse, inacabável. Não foi difícil contaminar-nos a ilusão. E quem conhece somente a vida não sabe contar a ninguém da morte, adiando-a também nos outros. E foi por esse motivo que tomavas tu conta das crianças que nasceram também depois de ti, por mais acasos inesperados da vida. Nunca poderias ensinar-lhes a morte se não sabias dela. A folia delas era na verdade uma encenação maravilhosa, só faziam perguntas de vida, elaboravam futuros com uns e com outros, havia tempo para tudo nessa fantasia, seriam todos tudo e tanto, viveriam para sempre. E vivemos todos os tempos de vida perpétua, ainda que a infirmação viesse um dia, isso deixou de importar, de ser considerado, de nos condicionar os planos, de nos contaminar o contentamento. E as crianças viviam os seus dias todos assim, eternos, durariam o tempo do tempo, nada as levaria de nós. Ou delas próprias. Um momento houve em que Eve duvidara de tudo isto e do que fazia, mas, não teve tempo de corrigir e, na verdade, estávamos também nós enamorados com a vida sem morte de Seda. Também nós construímos a fantasia.'

Silenciou-se e entregou o último facto, que a M deveria pertencer: 'Eve fez-nos um pedido. Um pedido que nos custou muito, mas que cumprimos no dia em que ela finalmente encontrou aquela de quem fugira durante tanto tempo.' *Minha mãe não tem mais vida, já foi, já se fez na poeira. Já não tem matéria, não me conhece, não me encontra.* 'Farias 12 anos. Aconteceu enquanto dormia, mesmo ao teu lado.' *Na morte da mãe estava eu, não seguiu sozinha. A vida que lhe saiu ficou agarrada na minha. Nunca me deixou, segurou-se a mim.*

'Arrumaram-lhe a morte?, ela foi bonita para a sua morte?'. As tias ternamente lho asseguraram.

Da morte que apareceu no tempo que era da vida

M e Alfonz regressaram no mesmo dia a Boann. Nesse e nos que se lhe seguiram, os discursos eram serenos, as conversas mornas, permitindo que, a tempo, se instalassem em M as novas respostas nas memórias antigas. Ainda que o amor que une os amantes tenha tempo contado nos incomensuráveis dias que lhes restam, Alfonz ensinou a M a ilusão de eternidade gentilmente concedida pela poesia da paixão. Aprendera a viver uma vida em que se morre, a adiar pouco, a adiantar mais.

Mas isto que é da morte não tem misericórdia pelos amantes, talvez nem deles faça caso, e indicia-se num dia à sorte, tenha sido nessas horas lembrada ou não. Para além disto, insinua-se antes da sua vez, precipita-se a desvelar-se, apresentando-se à vida, quando ela ainda tinha tanto para fazer. E as manifestações da vida espantam-se ainda com os modos como a morte tem de acabar com ela. De tal maneira gosta de exibir competências que se chegou a M, sob uma forma estranha de matar a expressão de vida que nela havia. Dispensou a brevidade e resolvera instalar-se, revelando-se, pouco a pouco, a pedaços de morte, escolhendo, neste episódio de tira-vidas, tirar gozo do que havia de vida em M, em regime de usufruto, aproveitando não poder ser despejada, demitida, desalojada, enquanto não se descubra engenharia que acabe com a vida da morte. Pois em M um fenómeno certo dia se fez assim notar, tão deslumbrante para a ciência quanto fascinante para a morte, que não se contém em si, desde que se lembrou da façanha. A morte, entusiasmada, não resistira a enviar notas de aviso de chegada.

Nesta manhã de outono, M mostrava sua nudez. Alfonz, prostrado na cama, reparara em manchas no corpo que conhecia imaculado. Levantou-se, foi até ela e colocou a mão sobre as que desciam do peito. Ela permitiu. Quando ele levantou o olhar até ao seu rosto, M não conseguia falar, procurava encontrar fôlego. Um grande fosso no pescoço, que enchia e esvaziava ritmicamente, sinalizava o esforço de M em respirar. Não foi preciso muitas palavras para concordarem na urgência de visita a um médico. Mas, de tal modo a morte se dissimulou, divertida com as suas próprias capacidades, que ninguém adivinhou, de início, que era dela de quem se tratava, com exceção, porém, de Alfonz, amante que suspeita sempre que lhe venham tirar o que conquistou. Favorecida pela sensata reserva dos médicos, 'Vamos ver do que se trata e decidimos tratamento a partir daí', M não chegou a experienciar a ansiedade de quem foi conhecendo, nos outros, a morte antes do tempo que a vida lhe previra. Beneficiava da benevolência da ignorância, de uma certa clareza da ingenuidade, que a mantinha concentrada na vida e não na morte, que ainda não era. Mas Alfonz tinha em si a memória coletiva das insinuações da morte. Então, morte, vens assim? Vieste buscá-la já? Tão pouco a tive aqui, no meu tempo, e, tu, imprestável, segues já com ela? Talvez me estejas a enganar e estás a tratar de me apresentar a tua figura e vais daqui a pouco. Só te vieste mostrar, em vaidade. Só queres que me lembre de ti. Está bem. Está feito. Vai-te agora.

Alfonz tivera dificuldade em decidir-se sobre se deveria revelar a M as histórias, as possibilidades, as vezes em que a morte se mostrara assim. Mas a indecisão de Alfonz haveria de perder utilidade. Ao fim de muitas análises multidisciplinares, da vigilância de diferentes marcadores biológicos, da examinação das diversificadas estruturas que fazem de M exercício de vida, encontraram-lhe a morte escondida. Tinha diagnóstico: uma bizarra alergia ao átomo do oxigénio. M havia desenvolvido alergia a existir, respirar era atividade de aproximação à morte, roubara esta à vida a ferramenta de crescimento. Ora bem, a M bastava viver para morrer. A morte queria muito a M, certamente, porque não lhe dava, assim, qualquer hipótese de defesa. Se M procurasse viver, iria de encontro à morte, como que lhe estendendo esta os braços, numa estranha afeição. Não haveria escapatória possível.

Os médicos falaram-lhe de tudo o que sabiam sobre a sua condição, o que se arrumava em pouco tempo, dado ocupar mais espaço o absoluto desconhecimento. Entre detalhes que não entendera, compreendera, contudo, a proximidade de um evento simples. A sua morte chegaria em breve. M morrerá. 'E não posso adiar a minha morte?', não vou já contigo, vais esperar pela minha vida, se minha vida soube esperar por ti, minha morte.

Poderiam, talvez, sujeitar M a tratamentos experimentais, se os houvesse, responderam-lhe. Para além disso, de recomendações para os dias da vida, os médicos disseram que M deveria, de ora em diante, respirar devagarinho, para a vida poder continuar a viver e a morte atrasar-se o mais possível, beber água e tomar banho moderadamente, na medida apenas do que necessário fosse.

Mas, a vida tivera uma conversa com a morte, antes de deixar que esta a fizesse sumir, e apresentou-lhe M de um modo que a espantou, porque a vida é também capaz de grandes feitos, maiores até, porque é mais fácil pôr termo do que sustentar. A morte não mostrou, contudo, misericórdia, mas a vida não teve medo e disse-lhe que isso não teria importância nenhuma. A morte podia vir quantas vezes quisesse, e das formas que lhe apetecesse, que a vida haveria sempre de aparecer, cada vez mais capaz de se dar existência, porque ia aprendendo a conhecê-la, à torta da morte, e a tornar mais altos, mais espessos, mais fortes os muros da arquitetura de vida. 'Já viste?, morte, como eu vivo cada vez mais tempo, só me apanhas desprevenida quando as minhas existências não contam umas às outras o que já sabemos de ti', disse, com orgulho, que à vida isso também se permite. Para além disto, a vida perguntou, ainda, à morte: 'Queres ver como basta à vida tomar conta da vida?', e acrescentou, virando-lhe as costas: 'Tu és evento, eu sou existência'.

Desconhecendo a conversa da morte e da vida, um dos médicos da equipa de diagnóstico da complexa condição de M disse, então, olhando por cima dos óculos, sem expressão a acompanhar, julgamos por não se ter decidido por nenhuma: 'Há um outro assunto a discutir', hesitou e disse mais: 'Está à espera de bebé'. M susteve a respiração, tenho morte e tenho vida, 'Julgava não poder engravidar'. M declarou isto, respirando muito devagarinho, e depois, mais depressa, sem perceber que emoção tomava agora conta dela. Alfonz encontrava agora desarrumado tudo o que até ali julgara sobre o assunto das mortes que aparecem e das vidas que se fazem. 'Pelo que podemos ver da sua condição física, não há nada que o impeça', esclareceu um dos médicos que, baixando a voz, disse ainda: 'Vamos ter de tomar algumas decisões importantes, compreende?'. Os médicos quiseram, então, dar-lhe conta de todos os elementos significantes do processo decisório. M ouviu as opções de tratamento, considerando 'o adiantado da doença e da gestação', o que de mal fazia à vida dela e o bem que faria, porém, à vida do bebé, 'trata-se de um caso algo paradoxal', disseram, ainda, inibindo, como terão conseguido, a curiosidade clínica perante o invulgar diagnóstico. M tomava conhecimento de que alimentar a vida que gerava alimentaria igualmente a morte que já lhe ia dentro, o que não encontrou dificuldade em compreender, são dois bichos de igual força, de igual alimento. Percebeu também que poderia, sim, adiar a morte, reduzindo a toma de água e de ar até ao mínimo necessário a esticar-lhe a vida. Mas matar-lhe a morte implicaria, de igual modo, matar-lhe a vida, aquela que lhe crescia no centro do corpo falido, sem escolha e audição em consulta. Porque de água e de ar, sem restrições, precisa ela para se tornar vida. Entendeu na perfeição que teria de decidir-se entre as duas vidas que carregava, porque a morte lhe queria levar uma. E à morte já não se podia pedir mais nada.

M pediu para refletir sobre tudo o que ouvira. Precisaria de tempo para tudo compreender inteiramente. Combinaram adiar a decisão para daí uma semana. A morte havia de esperar. A vida estava confiante.

Da propriedade da morte

'A morte é minha', disse M, 'é nossa, a tua morte é nossa, é ao meu tempo que te estás a furtar, não sou eu que vou abandonar a tua vida, és tu quem está a sair da minha', 'Eu estou aqui', *Estou a ir-me embora*, 'Não te vou deixar', *Ela sempre te veio buscar.*

A noite serviu os dois amantes que, roubados do sono, revisitaram em silêncio promessas da eternidade que lhes restava. Raiada a madrugada, M olhou a rua ainda escura e disse: 'Então, é isto a morte?, é assim que ela me vai levar, o que estará com ela?'. Alfonz escutava-a. 'A vida sem fim nunca me surpreendeu, habituei-me a ela, a uma eterna e fatigante vida, não me encanta, conheço-a bem, nunca me deu uma meta no final da corrida. Depois de todas as viagens, de inventar e reinventar a vida, nunca me deixaria chegar a casa, cumprir, acabar, arrumar, deixar que a vida transpusesse o horizonte, como os dias fazem na noite, isso não me era permitido, isto sei da vida, mas à morte?, a morte não conheço. Bom, tenho fim, e não terei de esperar demasiado, ansiando-a, tive de pensar pouco nela. O que ela tiver para mim, hei de saber, sem que me tenha ocupado inutilmente, de que teria valido? Não é cansativo para vós, que sabem que acabam desde que tiveram princípio, testar todas as lógicas, experimentar todos os raciocínios, discutir na ausência de quem venha esclarecer? Se não há contraditório, se não há oportunidade probatória, de que vos serve a argumentação?, de que vos servem todas as perguntas?, não vos desgasta, não vos cansa? E, depois, só ficam satisfeitos com a morte se souberem que com ela virá outra vida. De que vos vale a exaustão, a angústia? Fico satisfeita por não ter perdido tempo com a morte, se não era ainda o tempo dela. Agora, é, este é o tempo dela, da minha morte, e respeito-a.' *És bem-vinda. Podes vir, morte. Estou quase pronta. Não sei se te aprecio, minha morte, mas conversaremos todas as coisas. Porém, guarda-me só mais um pouco de vida. Em breve, o teu tempo, mas este tempo é da minha vida.*

Alfonz ouvia-a, inerte: 'Ainda há tempo na minha vida, e na minha vida há vida que não é minha inteiramente', 'Tu sabes o que pode acontecer, se não receberes os tratamentos que os médicos dizem poderes experimentar', 'Compreendi que, se não adiar a minha morte, a minha vida poderá fazer outra vida. Se a deixar vir já, ela oferece-me esta vida, em troca. Na verdade, é um enigma magnífico', 'Eu quero-te todo o tempo que houver de ganho a essa morte', 'Não vês que continuarei?, só assim poderei continuar na verdade, a minha imortalidade está na vida que te vou deixar, ultrapasso-a, assim, à morte, vês?', *Tenho morte e tenho vida e não te vou dar tudo, morte. Uma de nós fica.* Alfonz elevou-se: 'Essa morte não te serve, não é tempo de morreres', 'Tu és o único de nós habituado a ela, como pode agora surpreender-te?', 'É como se a conhecesse agora, à morte, só agora vejo quem ela é, percebo-a porque me está a tirar a vida que és em mim. Eu não sei nada da morte, compreendo apenas que desaparecerás, não estarás mais neste lugar, onde te alcanço. A morte será a falta de ti, o silêncio que virá depois, o sítio onde não te chegarei mais, será este vazio cheio, esta saudade sem cura. Essa má morte', 'Não há maldade, não há culpa, é só a morte'. M procurou sossegar Alfonz, experimentando raciocínio: 'A eternidade é uma fantasia, uma construção de quem só se reconhece na temporalidade, que só se compreende numa conceção de tempo, em que o início e o fim da linha são simplesmente inidentificáveis, e só assim é concebida, mas a verdadeira eternidade liberta-se dos limites do tempo, é tão completa como um ponto ínfimo, sem espaço, sem tempo, sem duração, não começa nem acaba longe, não termina sequer, é redonda, circular. Os vivos que mais não são andam no tempo'. Assegurou-lhe: 'Eu não sairei daqui, serei para sempre quando me ausentar do tempo, a morte vai fazer-me eterna, toda, deixará de haver espaço ou tempo em mim, estarei em todos os sítios, em todos os tempos, estarei em ti, guardada enquanto quiser na tua existência'. Tentou uma conclusão: 'É claro agora que não poderia viver para sempre, nós somos simplesmente exercícios de vida, feitos e sobreviventes apenas no tempo e no espaço, e somente aí existentes, a vida da matéria está limitada ao tempo e ao espaço, a vida da morte inexiste, enche-se dela própria, a morte simplesmente é, a morte é tirarem-me de mim o tempo, é só'. Quase nada mais dizendo, deixaram-se em abraço, ancorados na manhã. Antecipando-se à morte, procuraram agarrar tudo quanto puderam que era da vida, antes que fosse da morte.

Da vontade da fé

'Eu não vou atrasar a morte, quero deixar que a minha vida dentro tome o fôlego de que precisa, para viver depois sozinha, a minha morte pode vir', M embalava serena cada palavra que entregava aos médicos. Olhavam para ela e, depois de se acomodarem ao cândido discurso da sua doente, procuraram certificar-se de que M havia compreendido em absoluto todas as implicações da decisão que anunciava. Concluíram que sim e deram, então, instruções a M sobre o que ainda poderia fazer para atrasar a morte, que fosse compatível com a sustentação da vida que crescia nela. M aceitou, consultando Alfonz com o olhar, ainda há uma hipótese de se resgatar vida. A vida disse, elevando o queixo: 'Vês, morte?'.

Antes do início do novo inverno, M contou a Alfonz que gostaria de passar os últimos meses de gravidez em Seda. Alfonz concordou, decidindo, por falha de capacidade crítica, dispensar-se de considerações sobre o assunto, bastando-se com a vontade de M. Despediram-se da cidade. Pouco antes de saírem de Boann, comunicaram-lhes que a mulher sem tempo que pedia todos os dias um café rápido havia sofrido sem remédio um enfarte. M perguntou: 'Acreditava nalguma coisa?'

Dos dias que esperam o fim

No caminho para Seda, M pedira a Alfonz que não revelasse às tias a sua doença, explicando que gostaria de viver sob a imácula de uma vida desimpedida, sem sinais de morte que atrapalhassem o que ainda restava de vida.

O que havia já de filho dos dois fazia-se notar no vestido de M, pelo que a gravidez dispensara anúncio quando chegara perto delas, que a receberam em contentamento. E foi esse sentimento que lhe ficou agarrado, durante todo o tempo que passara em Seda. A leveza e o contentamento, sem ser preciso mais nada, sem existir antes ou depois. M ajudava no que não envolvesse necessidade de água, porque não fazia ela falta, nessas circunstâncias, à vida que ia nela. Desculpara-se com a mesma verdade que não quisera partilhar, uma certa alergia a água, alegando, porém, um grau inócuo. Alfonz, por sua vez, tratava das colheitas, de podar a vinha, de estender os figos nas camas de madeira. Para que Seda lhes permitisse pernoitar, só precisavam de aparar o que estivesse em excesso e alimentar o que estivesse em falta. No segredo do quarto dos amantes, Alfonz ajudava M a cuidar de si, com pouco recurso a água, antes que a destituísse de vida. E souberam apreciar a vontade um do outro, em cadências lentas, inteiras no fim a desfiar-se.

As conversas de fim de tarde, no banco de pedra, só tinham de assunto matérias da vida, do alecrim e dos orégãos que subiam na ladeira, das videiras viçosas que haviam de dar este ano boa uva, do bebedouro que atraía um carracita que todos os dias, de fugida, enquanto o não vissem, nele se banhava. Em Seda, não vivia morte. E em M não sobrevivera a impressão de alguma morte, com que ficara durante um tempo, quando recebera a notícia do evento clínico. Fora esquecida, ficara para trás, como que impedida pelos limites naturais de Seda. Ali não estava.

Numa tarde em que a primavera se insinuava ao velho inverno, depois de alguns dias de chuva, M subira, depois do almoço, até a velha amendoeira, semeada de pequenas margaridas e erva na altura de cortar, ladeada de lírios e flores azuis de feijão-borboleta, que punha na boca quando de vida feita ainda tinha pouca. O tempo não passava por ali, como se condescendesse naquele pedaço de terra. Passava ao lado, deixando-o estar. M deitara-se suspensa na rede de corda, que, coberta por uma manta de franjas, dava cumprimento reverente às suas formas. Ali se deitara muitas vezes, em pequena, balançando entre as pernas do seu tio Edmond. Dali, avistava os terrenos infindos de Seda, delimitados apenas pelas copas das árvores ao longe sobrepostas à linha dos céus. Lembrou-se do homem gigante na cruz a tocar o céu que podia transportar os que estivessem dentro da casa de telhado triangular para o que existisse acima disso, como suas tias lhe haviam contado, em fé, nestes meses de verdade, nas noites de lareira. Encostou a cabeça, inspirou apenas o que era preciso, e, ouvindo o ranger do nó que sustinha a rede desde o segundo braço da amendoeira, seguiu a cadência das pequenas folhas, ao ritmo do movimento lento dos ramos, empurrados pelo vento sobre um teto de céu azul e branco. O calor fugitivo entre os braços da imóvel amendoeira depositou-se sobre a sua perna esquerda, arqueada. Ouviu os abelharucos e os pintassilgos nas oliveiras em volta, instruídos num aleatório e perfeito alinhamento, e o carracita ali ao pé de si, que ela procurou detetar na amendoeira, até que o viu perder-se no arbusto das lanterninhas-chinesas. Sentiu uma brisa que lhe desarrumou os cabelos e ouviu Alfonz falar com as tias, ao fundo do terreno. Tudo o que era importante estava ali, amparando-a. Naquele ponto do tempo, tivesse o mundo as configurações que tivesse, nada mudaria aquele instante. Nada mais a vida a chamaria a decidir ou resolver, dispensara-a de esforços e de bravura. E da vida não precisava mais nada. O que lhe pertencia estava reunido. Desceu os olhos, que logo se deixaram na barriga evidente, quase a ter de deixar o que protegia. *Minha vida que cresce na minha, terei de te deixar. Mas hei de enganar quem nos separe. Fora deste corpo, não terei limites para te alcançar. A morte não significa nada. É apenas uma marca no espaço. Perderei licença de vida aqui, mas tomá-la-ei de novo noutro lugar, onde a morte já não vai, porque já fez o que tinha a fazer. Esta rede não me reconhecerá, mas também já não me poderá conter, serei mais do que ela, trilharei as suas fibras, enrolar-me-ei nos seus nós e tomarei conta do teu embalo. O vento, o céu, os bichos e as ervas nada sabem da morte. Inconscientes da finitude, da sucessão constante da vida pela vida, da folha pela folha, substituem-se continuamente, não se distinguindo se são os que caíram se os que nasceram, são uma só coisa, uma só existência, uma só vida. Assim, nós, minha vida, que em nada és minha, és deste jardim sem começo. Assim seremos nós, uma a continuidade da outra. Deixar-te não é uma possibilidade, pois seguirei em ti.*

Semanas depois, de M nascia vida, guardada delicadamente numa forma perfeita. M era Mãe de vida. Ergueu maravilhada a filha nas mãos e entendeu a metamorfose do amor, que de seu tornou-se do outro. De nome teria o seu, porque o pai assim o disse e ninguém considerou contrariá-lo. A vida encarnava de novo, numa prova de existência, agora através da sua, usando o seu corpo, cheio de morte. E a morte, convencida pela vida, deixou que M bebesse da que gerou, que a namorasse, que lhe deixasse todos os beijos. Concedeu-lhe tempo para lhe contar do amor, da saudade e da memória. Mas seis meses depois, quis levá-la. Numa manhã de tudo, juntas todas as primaveras, adormeceram as duas vidas sobre uma manta de retalhos, por baixo da figueira grande. Distraída pelos sonhos, onde cabia toda a existência, a morte aconteceu-lhe. Agarrada à vida que, sossegada, lhe dormia nos braços, o corpo de M tornou-se morte. Levaram-lhe o tempo. Alfonz ainda lhe procurou vida nas frestas das paredes que contiveram o que fora, mas não a viu mais. Ninguém sabe para onde foi, nem de onde assiste à vida agora.

© Editora Nós, 2022

Direção editorial **SIMONE PAULINO**
Editora **RENATA DE SÁ**
Assistente editorial **GABRIEL PAULINO**
Projeto gráfico **BLOCO GRÁFICO**
Assistente de design **STEPHANIE Y. SHU**
Revisão **ALEX SENS**
Produção gráfica **MARINA AMBRASAS**
Coordenadora de marketing **MICHELLE HENRIQUES**

Imagem de capa **LAURA MELLO DE MATTOS**
Uma vez, eu tive uma ilusão, 2021, 100 × 100 cm, óleo sobre tela.

Todos os direitos desta edição reservados à Editora Nós
Rua Purpurina, 198, cj 21
Vila Madalena, São Paulo, SP | CEP 05435-030
www.editoranos.com.br

Dados Internacionais de Catalogação na Publicação (CIP)
de acordo com ISBD

R484b
Ribeiro, Rute Simões
   A breve história da menina eterna /
   Rute Simões Ribeiro
   São Paulo: Editora Nós, 2022
   96 pp.

ISBN: 978-85-69020-55-4

1. Literatura portuguesa. I. Título.

2022-3059   CDD 869   CDU 821.134.3

Elaborado por Odilio Hilario Moreira Junior, CRB-8/9949

Índice para catálogo sistemático:
1. Literatura portuguesa 869
2. Literatura portuguesa 821.134.3

Fonte **HELDANE**
Papel **PÓLEN NATURAL 80 G/M²**
Impressão **MARGRAF**